ESSAI

SUR LES MOYENS

DE

PROCURER A L'EUROPE

UNE

PACIFICATION GÉNÉRALE.

Par le Citoyen D*****

A MOULINS,

DE L'IMPRIMERIE DE J. C. MAINE, LIBRAIRE.

AN V DE LA RÉPUBLIQUE.

ESSAI

SUR LES MOYENS

DE

PROCURER A L'EUROPE

UNE

PACIFICATION GÉNÉRALE.

LE GOUVERNEMENT FRANÇAIS est entré en négociation avec un envoyé de l'Angleterre. Les conférences ont été à peine ouvertes, que toute espérance d'une heureuse conclusion s'est évanouie. On sait cependant que le Directoire avait consenti à prendre pour base de la négociation l'état actuel des puissances belligérantes, et admettre que chacune d'elles compenserait par des échanges réciproques leurs conquêtes et leurs pertes.

Aucune détermination ne semblait amener à la paix plus surement : il ne s'agissait plus que de se mettre sous les yeux la situation où se trouvent les deux partis, de faire une évaluation de ce qu'ils ont perdu ou gagné, et

A

d'arrêter le plan des restitutions et des échanges. C'est par des compensations semblables, qu'on été terminées toutes les guerres précédentes que nous avons soutenues contre les Anglais. Par quelle fatalité, les efforts que l'on fait aujourd'hui pour arrêter l'effusion du sang, deviennent ils infructueux.

Pitt ne manquera pas de rejetter sur les français l'odieux de cette rupture, nôtre Directoire est mieux fondé à en accuser les excessives prétentions des Anglais.

Au lieu de s'aigrir mutuellement par des inculpations d'ambition démesurée et de mauvaise foi, j'ai pensé qu'il ne serait pas inutile de réunir sous le même coup d'œil les difficultés que le concours de circonstances facheuses met à la conclusion de la paix ; je crois pouvoir prouver, qu'elle est impossible, en n'admettant pour base que l'*uti possidetis* sans modifications, et l'échange pur et simple des conquêtes respectives. Il a fallu donc y ajouter un autre moyen : j'avoue que celui que je propose, tranche les difficultés plutôt qu'il ne les dénoue, il est cependant le seul qui concilie les intérêts des principales puissances, et puisse rendre la paix à l'Europe entière.

Cette guerre soutenue par la France seule, contre la coalition la plus puissante qui se soit formée en Europe, a bien changé d'objet et de principe, depuis que les armées étrangères ont pénétré sur le territoire français.

Quoique la nation française paraisse avoir pré-

venu ses ennemis dans la déclaration de guerre ;
il est certain qu'elle n'a pris les armes que pour
assurer le gouvernement qu'elle voulait se donner;
elle préfera les dangers d'une guerre ouverte aux
périls que des intrigues sourdes lui faisaient cou-
rir : d'abord isolée et divisée dans son intérieur,
mal servie par ses généraux, elle n'éprouva que
des désastres. Les prétentions des ennemis s'accru-
rent avec leur succès, alors l'esprit public se for-
ma, l'enthousiasme ranima le courage de tout ce
qui était français : les efforts inouis qu'elle fit,
produisirent des succès auxquels ses ennemis ne
s'étaient point attendu. Jamais le courage national n'avait été mis à une épreuve si dure ; jamais
il ne triompha avec plus de gloire.

Nous touchons à la fin de la cinquième campagne, et sans chercher à rappeler les événemens
de ces années glorieuses, nous nous bornerons à
donner un précis de notre situation actuelle.

L'armée française est aujourd'hui maîtresse de la
Belgique entière, elle a conquis de plus sur l'Empire Germanique tout ce qui est à la gauche du
Rhin, excepté Mayence qu'elle n'a pu réduire et
la tête du pont de Manheim occupé par les Impériaux.

Sur la rive droite du fleuve, elle s'est fortifiée
dans quatre postes importans qui lui donnent autant d'entrées dans l'Allemagne.

Elle tient Dusseldorf et une partie du duché de
Berg; à Neuvied elle occupe le pont et les for-
tifications dont elle la couverte, elle a pris Kell

A 3

vis - à - vis Strasbourg , et rétabli le pont d'Hu-
ningues et les ouvrages qui le défendent.

En Italie , les Français ont forcé, par une suite
de conquêtes et de victoires , les puissances de
cette contrée qui étaient entrées dans la coalition,
à recevoir la paix aux conditions qu'il leur a plu
de dicter: en deçà du Pô ils n'ont d'ennemis que
le Pape , au - delà de ce fleuve ils occupent la
Lombardie Autrichienne , Mantoue , il est vrai ,
se défend encore ; du sort de cette place dépend
celui des conquêtes faites dans le Milanois , les
succès de nos armées ne peuvent se consolider
que par la prise de cette ville , mais si le général
français termine par cet exploit sa glorieuse campagne , la Lombardie entière est perdue sans retour pour la maison d'Autriche.

Autant la supériorité de nos armées de terre et
le courage national , ont décidé la fortune en notre
faveur , autant nous avons éprouvé de revers sur
mer et dans nos Colonies.

Il ne nous reste dans l'Inde que les îles de
France et de Bourbon ; les Anglais nous ont chassé
du Bengale , des côtes de Malabar et Coromandel.

En Amérique , nous avons perdu la Martinique ,
Sainte - Lucie , Tabago , et à peu-près le tiers de
Saint - Domingue.

Telle est exactement la situation des armées fran-
caises , au commencement de décembre 1796 ; les
succès récens du général Buonaparte donnent tout lieu
d'espérer que le blocus de Mantoue finira heureu-
sement ; la saison est trop avancée sur les bords

du Rhin pour que la position respective de nos armées, puisse changer considérablement. Peut-être l'une ou l'autre des armées opposées occupera-t-elle quelques lieues de plus dans un pays dévasté; mais il est vraisemblable que chacune conservera ses postes importans.

Dans les îles occidentales, la Guadeloupe est en état de défense, et ne court pas risque d'être attaquée prochainement.

A Saint-Domingue, les Français ont beaucoup de bras à armer, mais manquent de vivres et de munitions de guerre; les Anglais abondent de tout excepté d'hommes, et cette faiblesse réciproque ne fait que prolonger les désastres d'une guerre molle et dévastatrice.

Nous ne voyons aucun projet formé contre les îles de France et de Bourbon, aussi la France tranquille sur le peu qui lui reste de possessions éloignées, semble vouloir employer ses forces maritimes à une opération de guerre offensive dont nous ne connaissons pas l'objet.

Comme il ne s'agit pas seulement de régler les intérêts de la France, mais encore ceux de ses alliés, il faut jetter un coup d'œil sur leur situation; car enfin cette République qui a commencé la guerre; sans en avoir un seul, qui comptait à peine en Europe quelques puissances neutres, s'en trouve deux aujourd'hui qui combattent avec elle contre une partie de ses ennemis.

La conquête de la Hollande a forcé cette République à accepter avec la paix, l'alliance intime que nous lui offrions. Par suite de ce traité elle est entrée en guerre avec l'Angleterre, à une époque où elle était le moins en état de la soutenir : notre faible marine n'a pu protéger efficacement ses riches Colonies. Elle a perdu successivement le Cap de Bonne=Espérance, Ceylan, Surinam et ses dépendances, Malaca, les établissemens des côtes de Malabar et de Coromandel, elle a les plus grandes inquiétudes pour Batavia et les Moluques; les pertes immenses de la Hollande contre-balancent en quelque façon, les avantages que nous avons remportés.

L'Espagne, d'abord notre ennemie, devenue notre allié, vient de déclarer la guerre aux Anglais; ses forces sont encore intactes: son armée de mer a débloqué Toulon, et les deux flottes réunies dominent dans la Méditéranée, tandisque ses troupes de terre menacent le Portugal et Gibraltar.

Ainsi cette vaste coalition s'est dissoute successivement; les princes d'Italie et la plus grande partie du corps Germanique, ont accédé à des traités de paix partiels, et la France n'est aujourd'hui en guerre qu'avec l'Angleterre, la Russie et la maison d'Autriche ; contre l'Angleterre, elle est aidée des forces de l'Espagne et de la Hollande.

La Russie, jusqu'à présent, n'a joint qu'un grand nom aux forces de la coalition; elle n'a pris part aux opérations de la guerre, que par l'envoi d'une escadre de douze vaisseaux qui ont croisés avec les flottes Anglaises.

Pendant la lutte opiniâtre où la France était engagée contre tant d'ennemis, les trois puissances qui avaien en 1772, entamé la Pologne, ont achevé de partager entr'elles, ce qui restait de cette vaste et fertile contrée.

Le roi de Prusse qui, au commencement de la guerre paraissait notre principal ennemi, après avoir reçu de forts subsides de l'Angleterre, obtenu dans la Pologne un partage avantageux, s'est retiré le premier de la coalition : son exemple a été suivi par Landgrave de Cassel et la régence d'Hanovre.

Le Nord de l'Allemagne a embrassé la neutralité, et l'inviolabilité de son territoire est défendue par par une armée puissante.

Ce que la politique de Frédéric - Guillaume opérait au Nord, l'invasion des armées de la République la exécuté au Sud.

Le Cercle de Souabe, l'Électeur de Bavière et même celui de Saxe, ont retiré leurs troupes de l'armée impériale, et se sont renfermés dans les bornes d'une exacte neutralité.

La querelle sur le continent est devenue en quelque sorte personnelle entre la maison d'Autriche et la République Française.

L'Empereur, chef de cette maison, reçoit, il est vrai, quelques secours pécuniaires de l'Angleterre son alliée, mais ce sont ses propres forces qu'il oppose partout à l'impétuosité française, et jamais cette puissance n'en a déployé autant que dans cette guerre sanglante.

Un exemple des efforts qu'elle fait, est ce qui se passe en Italie : abandonné par les princes de cette contrée, voilà la troisième armée que l'Empereur, dans le cours de la même campagne, envoye au secours de Mantoue, tandis que sur le Rhin il fait tête à deux cents cinquante mille français.

Sa fermeté , lorsque deux armées victorieuses s'approchaient de Ratisbonne et menaçaient ses états héréditaires, a été inébranlable , et s'il a le malheur de perdre l'Italie ; il lui restera la gloire d'avoir sauvé l'Allemagne.

Cependant le courage français l'a emporté généralement sur la discipline et la bravoure allemandes, et si l'Empereur n'avait pas trouvé dans les Anglais des alliés plus heureux que lui , la guerre ne pourrait finir que par une grande diminution de sa puissance.

Deux démarches faites par les Français , dans l'ivresse de leurs succès , ne contribuent pas peu à rendre la paix plus difficile à conclure.

La Nation française a admis, dans le sein de son corps législatif , des députés représentans l'évêché de Basle , et la principauté de Montbéliard, états de l'empire, la Savoie et le comté de Nice, province du roi de Sardaigne; elle ne peut plus rien se permettre de contraire à cette réunion.

Elle n'est pas engagée aussi avant avec les Belges; elle n'a pas reçue à l'assemblée législative leurs députés ; mais une loi solennellement promulguée a réuni ces contrées au territoire français. En vertu de cette loi , des autorités constituées ont été organisées : il faudrait des revers bien funestes , bien suivis pour engager l'honneur national à consentir au rapport de cette loi , et à la retrocession de ces provinces.

Les succès de nos armées ont semblé prendre à tâche de justifier la fierté de nos procédés , et à examiner strictement la valeur du gage que nous avons à offrir, indépendamment de la Belgique et des autres états réunis ; nous pouvons encore demander hautement la restitution de nos Colonies et de celle qui ont été enlevées aux Hollandais.

Ce gage est d'un côté, le pays entre Meuse et Rhin, de l'autre l'Italie.

Il est à présumer que le Directoire a renoncé au projet de pousser nos frontières jusqu'au Rhin, nos succès n'ont pas été assez décisifs pour nous permettre des espérances si vastes. Nous avons à racheter des établissemens précieux : d'ailleurs il est tems que le gouvernement français, sorti de la révolution, établi sur une base solide, travaille à ramener par sa modération, les esprits des puissances Européennes, que nos desseins d'agrandissement hautement avoués, ont vivement allarmés.

Nous n'avons, dans le cours de nos succès, usé qu'une seule fois de cette modération salutaire, et certes, nous n'avons qu'à nous en applaudir. Elle nous vaut aujourd'hui une alliance intime avec l'Espagne, seule capable de revivifier notre marine et de changer la face de la guerre que nous soutenons contre les Anglais.

Nous pouvons donc offrir l'évacuation du pays d'entre Meuse et Rhin conquis sur l'Empire, excepté les parties réunies au territoire français, pour obtenir en compensation la restitution des établissemens français en Amérique ou dans les Indes Orientales.

Il serait aisé de démontrer, que dans les cir-

constances présentes, la possession de la contrée
que nous cédons, serait plus utile à la France
que les Colonies prises par les Anglais.

Celles de l'Orient ne sont qu'une propriété précaire, subordonnée à la volonté et à l'empire des
Anglais dans l'Inde, nous ne pouvons acheter que
d'eux et de la seconde main, nous n'acquérons
qu'avec des espèces métalliques; il serait égal et plus
simple d'aller prendre ces marchandises en Angleterre même, mais sûrement il vaudrait mieux s'en
passer tout - à - fait.

Nos Colonies à sucre étaient infiniment précieuses
avant la proclamation de la liberté des Nègres;
je souhaite que cette loi ne les ait pas condamné
à une nullité absolue pour notre commerce, mais
de long-tems elles ne seront comptées au nombre
des sources de la richesse nationale.

Cependant comme la République ne peut pas
sans une nécessité absolue, rejetter hors de son sein
des citoyens qui n'ont pas démérité d'elle, elle consentira à les reprendre, ces Colonies dont la plus
riche partie est dévastée, et elle rendra en échange
une contrée étendue et limitrophe, riche par ses
denrées, arrosée par les plus beau fleuves de l'Europe, peuplée de quinze cents mille ames et couverte de villes florissantes.

Nos conquêtes en Italie, plus rapides et plus bril-
lantes que celles sur le Rhin, ne sont pas si solides:
nos armées y combattent à une extrême distance
de leur pays : nous avons à lutter contre les préjugés
religieux des habitans, et contre l'influence et la
chaleur du climat.

La facilité qu'a l'Empereur à faire descendre en Italie des nuées de Hongrois, donne lieu de craindre qu'une de ces incursions ne réussisse. Si nous étions forcés à lever le siège de Mantoue, nous serions vraisemblablement obligés de reculer jusques derrière le Pô, et de prendre un point d'appui sous les forteresses du Piémont, dont nous avons l'usage libre.

Cet état d'incertitude ne peut pas durer long-tems; Mantoue doit être aux derniers abois, nos succès récens, ajoutant encore à nos espérances : nous supposerons Mantoue rendue, et l'armée française solidement établie dans toute la Lombardie autrichienne; dans cette hypotèse, avons-nous au-delà des Alpes de quoi racheter les colonies que la Hollande a perdues.

Il est bien difficile de comparer des objets d'une nature aussi différente; les pays conquis en Italie renferment dans leur ensemble deux millions trois cents mille ames. Les habitans en sont industrieux, le sol un des plus riches de l'Europe; ils sont intrinsèquement d'une valeur bien supérieure aux Colonies Hollandaises que les Anglais ont soumises. Mais les avantages que l'Angleterre retirerait du Cap de Bonne-Espérance et du port de Trinquemale dans l'île de Ceylan sont si importans, qu'ils attachent à ces établissemens une valeur relative qui devient inappréciable.

Cependant l'équivalent offert par la nation française, composé de ses conquêtes sur les rives du Rhin et en Italie, est supérieur de beaucoup à toutes ces Colonies prises par les Anglais. Donc d'après

le principe des compensations, la réunion au territoire français de la Belgique, de la Savoie, Nice,
Monbeillard et des évêchés de Liège, Bâle ne doit
souffrir aucune difficulté, puisque ces contrées
n'entrent point dans ce que présente notre gouvernement pour obtenir la restitution de ce qui a été
conquis sur nous et nos alliés. Attendons-nous cependant à éprouver beaucoup d'opposition, tant
de la part d'une Rivale attentive et jalouse de
l'Angleterre, que des Puissances interessées,
l'Empire germanique et le chef de la maison d'Autriche.

L'Angleterre a toujours vu d'un œil jaloux
l'agrandissement de la France : elle s'y est op-
posée de toutes ses forces, mais c'est surtout du
côté de la Belgique qu'elle a paru plus inquiéte
des moindres progrès de sa Rivale : depuis que
ces provinces appartiennent à la maison d'Autriche, elles ont été défendües au dépens de
l'Angleterre et souvent par ses propres soldats.
Comment les verra-t-elle aujourd'hui devenir
toutes entières partie de la République ?

De toutes les puissances engagées dans la guerre
actuelle, l'Angleterre est celle à qui elle coûte
le moins, celle qui peut par ses ressources immenses en soutenir le fardeau le plus long-tems.
Elle n'a souffert aucune perte pour elle-même,
au contraire les conquêtes qu'elle a faites suffiraient
si elle les gardait, au commerce le plus riche et
le plus étendu. Ses armées de mer ont eu jusqu'à
ce moment une supériorité décidée sur la marine
française,

De l'autre côté, l'accession de l'Espagne à l'alliance de la France et de la Hollande, peut mettre plus d'égalité dans les opérations maritimes. Les alliés de l'Angleterre ont fait des pertes immenses. Le peuple anglais naturellement impatient souffre et desire la paix, mais vraisemblablement une paix glorieuse et équivalente aux avantages qu'il a remportés : on ne peut donc se rapprocher avec une envie sincère de conclure la paix, sans convenir qu'il est juste que l'Angleterre conserve quelque partie de ses conquêtes.

Il serait absurde, dira le ministre anglais, que dans un traité de paix qui termine une guerre où les Anglais ont remporté sur mer et dans trois parties du monde des avantages signalés, la France s'agrandisse de toutes les provinces qui sont à sa bienséance, et que l'Angleterre ne retire aucun fruit du sang et des trésors qu'elle a prodigués. Si le Directoire français ne voulait répondre que par le calcul froid des compensations, la négociation serait rompue ; admettons-donc que les Anglais retiendront quelques parties de ces mêmes conquêtes.

On ne peut douter que ce ne soit le Cap et Trinquemale dont cette puissance ne desire avant tout la conservation.

Leur céderons-nous les établissemens les plus précieux qu'ait possédé la Hollande ? Il parait d'abord peu généreux de faire une paix avantageuse pour nous, et d'acheter notre agrandissement aux dépens de nos alliés.

Cette réflexion est embarassante : nous observerons

cependant que ce n'est pas volontairement que la Hollande est devenue notre alliée, qu'elle n'est entrée en guerre avec l'Angleterre qu'à la suite de la conquête que nous avions faite de tout leur pays.

Que nous sommes moins rigoureusement obligés vis-à-vis une alliée qui l'est devenue par force, que vis-à-vis des Belges que nous avons adoptés pour freres et concitoyens.

Enfin une dernière raison, et les Hollandais en connoissent toute la force, c'est l'impossibilité où se trouvent les deux Républiques d'arracher aux Anglais leurs conquêtes dans les mers d'Orient.

On peut d'ailleurs faire envisager aux Bataves d'autres avantages importans pour leur république, et résultans de la paix qui serait conclue.

La France s'engagerait à obtenir pour eux des princes allemands, la navigation du Rhin et de la Mozelle, exempte et libre de tout péage et impôts.

Elle renoncerait aux droits qu'elle a acquis sur le port de Flessingue.

La nouvelle constitution de la République batave serait reconnue et garantie par toutes les puissances.

Le Directoire Français ne doit pas balancer à effacer du traité conclu avec la Hollande tout ce qui donne ombrage aux Anglais ; à consentir que notre ambassadeur ne puisse s'immiscer dans l'administration intérieure de la république, que ses fonctions soient réduites à celle d'un ministre étranger ; qu'il ne jouisse d'aucunes prérogatives ; qu'il ne les partage avec le ministre anglais.

Les Anglais

Les Anglais ont étendu leurs demandes beaucoup
plus loin ; ils prétendent qu'ils ont à se prémunir contre
l'influence excessive que les évènemens de la guerre
nous ont donnés sur la Hollande ; que notre traité
avec cette République nous assure , et que la simi-
litude des deux constitutions nous conservera ; ils
en tirent de nouveaux motifs pour humilier et affai-
blir les Bataves ; ils veulent faire dépendre la restitution de leurs colonies , du retour du Statouder.

Le Directoire Français , ne peut , sans se couvrir de
honte , abandonner le parti démocratique qui s'est
formé en Hollande sous ses auspices ; il a congédié
brusquement l'envoyé chargé de lui faire de pareilles
propositions , mais si les négociations se suivent par
une autre voie , il ne doit pas balancer à effacer
du traité , conclu avec la Hollande , les articles qui
excitent la jalousie de l'Angleterre.

Qu'il renonce au droit de mettre garnison dans Bergopzoom , et toute autre forteresse dépendante de la
Hollande ainsi qu'à la communauté du port Flessingue

Qu'il promette la continuation pour six ans , du
traité de commerce si avantageux à l'Angleterre.

Allons même jusqu'à offrir la cession de l'Ile de
Ceylan toute entière ; rendons aux Espagnols la partie de Saint-Domingue qu'ils nous ont cédé , mais
que ce soit un témoignage de gratitude donné par
la Nation Française , à son nouvel allié et non un
acte de condescendence à la volonté de nos ennemis.

Dans la pacification future , et les arrangemens
qui pourraient être pris en Allemagne , on réserverait
de grands avantages pour le roi d'Angleterre , comme

B

Électeur d'Hanover, et une indemnité honorable au prince ex-Statouder.

« Si les Anglais préférent à ces avantages la continuation d'une guerre incertaine et ruineuse, alors le Directoire pourra se flatter d'avoir fait pour l'éviter tous les sacrifices que lui permettait l'honneur national : il aura convaincu l'Europe du desir qu'il a de lui rendre la paix et la tranquillité ; et ranimé dans la nation cette énergie à laquelle elle a dû tous ses succès. Voyons s'il nous sera plus facile de nous concilier avec l'Empire et la maison d'Autriche.

L'on a long-tems entendu retentir la diéte de Ratisbonne, du grand mot de l'intégrité de l'empire Germanique, il était prononcé avec emphase par les commissaires impériaux ; répété avec complaisance par les députés des princes ecclésiastiques, et ceux des autres états dévoués à la maison d'Autriche.

Cette intégrité en effet avait été bien peu respectée par la République française ; les pays-bas qu'elle a réuni à son territoire tiennent à l'Empire, quoique par un lien bien faible. Ils sont le reste du cercle de Bourgogne, imaginé par Maximilien premier, et confirmé en 1548 par Charles-quint, alors il renfermait les dix-sept provinces des pays-bas et le comté de Bourgogne.

Les rois d'Espagne, ses maîtres, en ont disposé plusieurs fois sans le consentement de l'Empire. Les Hollandais et Louis XIV en suite, en ont arraché une bonne partie. A la paix d'Utrecht, on disposa de ce qui restait, en faveur de la branche allemande de la maison d'Autriche.

Joseph II en a démantelé les places fortes, et tenté plusieurs fois, mais toujours vainement, de l'échanger contre le duché de Bavière.

Ce cercle n'est représenté à la diète que par un seul prince ; il n'y jouit que d'une seule voix, mais dans les guerres qu'allumait presque toujours l'ambition de la maison d'autriche, il fournissait un double contingent.

A ces exceptions près, il était regardé comme entièrement séparé de l'Empire. Le corps Germanique aurait pris un intérêt médiocre aux réclamations de la maison d'autriche, s'il n'avait été question que de la réunion de ce seul cercle. Celle au contraire des évêchés de Liége et de Basle, et des différents autres états de l'empire, prononcée au milieu de la guerre, a fait sur tous les princes allemands, l'impression la plus vive et la plus défavorable pour la nation Française.

Ils ont encore été plus alarmés des desseins long-tems avoués de pousser nos limites jusqu'au Rhin. Nos ennemis en ont profité ; ils les ont présenté à l'Europe comme une preuve de l'insatiable cupidité du Gouvernement français.

Il faudra en effet beaucoup de temps pour effacer l'impression qu'ont faite ces démarches aussi injustes, aussi impolitiques qu'elles étaient inutiles. Ce n'est point par l'effet du décret qui fut rendu, que les provinces belgiques ont été définitivement jointes à la République, mais par les succès qui ont depuis couronnés les opérations de nos armées. La paix seule peut assurer cette réunion. Jusqu'à lors nous n'avons d'autres droits que la force. Nous avons paru nous en faire un plus sacré, en fondant la réunion sur le vœu prononcé de ces peuples; mais on sait trop comment les suffrages y ont été donnés et recueillis, et le gouvernement militaire, qui y règne encore, annonce que nous comptons plus sur cette même force, que sur la volonté des peuples.

Sans les victoires de Buonaparte, en Italie, où en serions-nous ? Nos défaites sur mer, la perte de nos Colonies, les malheurs des Hollandais ne nous réduisaient-ils pas au parti honteux alors de revenir sur nos pas, ou à la nécessité de continuer une guerre inégale et ruineuse.

Cherchons à convaincre les puissances qui ont accepté la neutralité, nos ennemis mêmes, que dans les limites que nous nous donnons, nous voulons moins une extention du territoire, que des frontières fixes par leur nature, et sans enclaves réciproques; que nous désirons éviter toute semence de guerre future, et que nous renoncerons à toute espèce d'agrandissement, dès que cette guerre, où il s'agissait dans le principe, de l'existence de la France, sera terminée par une paix heureuse.

Le prince, que nos démarches altiéres ont le plus vivement blessé, est notre puissant ennemi, le chef de la maison d'autriche. A peine eut-il perdu la Belgique, dans le cours d'une campagne malheureuse, qu'on lui ôta toute espérance de la recouvrer autrement que par le fer.

La réunion de cette province à la République Française, est devenue partie de notre pacte social, et une loi solennelle à attaché l'honneur national à en empêcher la restitution.

L'Empereur redoubla ses efforts, employa toutes les ressources de sa vaste monarchie, jusqu'à présent ses tentatives ont été infructueuses; mais les événemens de cette campagne ont démontré que nous ne parviendrons jamais à vaincre ce que nous nommons son obstination. Ce prince s'est roidi contre les revers, et si lorsque deux armées victorieuses menaçaient le centre de sa puissance, il ne s'est prêté à aucune ouverture de paix, nous ne pouvons pas espérer qu'il consente à céder une partie considérable de ses états, aujourd'hui qu'il nous a repoussé jusqu'au Rhin.

Il est vrai que le succès de la campagne n'était pas encore décidé en Italie, pendant que nous portions nos armées victorieuses en Franconnie et en Bavière.

Nous devons aussi avouer que dans ces momens de triomphe, les Français ne voulaient d'autres barrières que le Rhin. Les revers éprouvés en Allemagne les ont rendu plus modestes; ils se contentent de la Meuse pour limite. Le danger imminent où est Mantoue, pourrait faire le même effet sur l'Empereur, et l'engager à faire le sacrifice de la Belgique.

Ceux qui connaissent la fierté du cabinet de Vienne, les ressources que cette puissance trouve dans sa population immense et dans l'esprit guerrier de ses peuples, sont convaincus que la perte de la Lombardie ne suffirait pas pour déterminer l'Empereur à céder sa Belgique. Il faudrait d'ailleurs lui rendre la Lombardie toute entière, et le ministère français s'est prêté à des mesures qui s'opposent à une restitution complette.

En entrant en Italie, les armes à la main, les Français n'avaient d'autre but que de reporter sur le territoire ennemi, la guerre que les puissances coalisées avaient commencée sur le sol de la République. La fortune a souri à leur audace, elle les a conduit rapidement de victoires en victoires jusques sous les murs de Mantoue. Le roi de Sardaigne s'est vu forcé à signer les conditions de paix les plus dures.

La cession de la Savoye et de Nice, la démolition des places fortes qui défendaient le passage des Alpes, l'usage libre aux troupes françaises des places de guerre qu'il avait sur le Pô, le duc de Modène a été expulsé de ses états. Le roi de Naples a consenti à un traité plus égal; le Pape reste encore armé, mais prêt à se soumettre à toutes les conditions qu'on lui imposera, pourvu qu'on exige de lui rien de contraire au dogme du culte dont il est le chef.

Dès que le sort des armes eut rendu les Français maîtres des provinces au midi du Pô, ils y ont favorisé l'organisation d'une République, qui comprend les états de Modène, le Bolonois et le ferrarois.

Cet établissement devenait singulièrement utile pendant que la guerre se continuait. En effet, parmi les souverains de l'Italie, la France compte beaucoup d'ennemis reconciliés, mais pas un allié véritable. Nous étions alors en guerre avec Naple et Rome : le siège de Mantoue et les Autrichiens occupaient toutes nos forces. Une République d'un million d'hommes, devenus bons alliés, de sujets de princes ennemis, assurait à l'armée française des secours de tout genre ; nos généraux pouvaient employer toutes leurs troupes à la reddition de Mantoue, et opposer celles de nos nouveaux alliés à l'armée Napolitaine.

Le Directoire Français oublierait-il au moment de la conclusion de la paix cette république naissante, et abandonnerait-il à la vengeance de leurs souverains respectifs, les auteurs d'une révolution qu'il a suscitée.

Des considérations politiques de la plus haute importance, militent d'ailleurs pour sa conservation. Elle est formée aux dépens du Pape, à qui elle prend Ferrare et Bologne, et à ceux du duc de Modène, dont elle comprend tous les états héréditaires.

Aucune grande puissance ne prend un intérêt pressant aux sacrifices que l'on exige du Pape ; mais un archiduc est par sa femme, héritier des états de Modène ; il en a obtenu l'investiture de l'Empereur, et ses droits seront appuyés de toutes les forces de la maison d'autriche.

L'abandon de ces droits est un sacrifice que cette maison ne fera qu'avec répugnance, mais que les plus fortes raisons nécessitent à demander.

L'indépendance de l'Italie, et son affranchis-

B 4

kement de toute puissance étrangère , importent à la tranquillité de toute l'Europe ; eh bien jamais sa liberté n'avait couru de plus grands risques. Si par un accord fait avec la Russie , à l'exemple du traité qui précéda le partage de la Pologne, les deux souverains étaient convenus , l'un d'attaquer Constantinople, l'autre de s'emparer de Rome et de l'Italie entière. Quelle facilité n'aurait pas trouvé le nouveau César dans la conquête projettée? Aux anciennes prétentions attachées à son titre d'empereur, il joignait les forces nécessaires pour les faire valoir; par Mantoue , il était maître de la clef d'Italie ; aucune puissance de cette contrée, toutes même réunies, n'auraient opposé qu'une résistance inutile à ses nombreuses légions. Il l'eut d'ailleurs trouvé coupée en petits états, hors d'état de se défendre par eux mêmes , et incapables , par la jalousie qui les divise, de se réunir pour leur défense commune. Par-tout les finances étaient en désordre : de plus une paix de cinquante ans avait éteint chez ces peuples, l'esprit militaire qui leur est naturel.

Augmenter dans cette circonstance le territoire autrichien , par des états importans , surtout par leur situation , c'est exposer toute l'Italie à l'asservissement. Le pays de Modène s'étend depuis le Mantouan, jusqu'à la Toscane, et dès lors l'Autriche envelopperait de ses possessions toute la partie septentrionale de l'Italie , depuis Trente jusqu'à Livourne; dans cette position , une République d'un million d'hommes qui intercepte cette ligne dans son milieu , ne peut être qu'utile à l'indépendance de toute l'Italie,

Une demande que l'Angleterre se propose de former, est un nouvel obstacle à la restitution de la totalité de la Lombardie, liée par un traité solennel avec le roi de Sardaigne, elle s'est engagée à ne point faire de paix qu'elle ne lui ait procuré la restitution de la Savoie et de Nice.

La paix que ce prince a été forcé de signer, ne change rien aux obligations que l'Angleterre a contractées vis-à-vis de lui. Si des obstacles insurmontables s'opposent à la restitution des provinces cédées, elle doit au moins lui procurer une indemnité équivalente, elle le peut avec d'autant plus de facilité, qu'elle tient entre ses mains une partie des colonies françaises et hollandaises.

Le Gouvernement Français s'y prêtera volontiers: Il était de son intérêt de forcer ce prince à laisser les alpes ouvertes, mais il n'est pas de sa justice de dépouiller un prince faible, ni de sa politique de diminuer ses forces du côté de la Lombardie autrichienne. Cette indemnité ne peut être formée qu'aux dépens du Milanois, et consistera naturellement dans les territoires de Pavie, Lodi et Crémone; ainsi, tandis que l'Empereur s'atend à recevoir en compensation de la Belgique sa Lombardie intacte, on la lui rendra mutilée de trois provinces. Son oncle l'archiduc sera obligé de céder les droits qu'il a à la succession d'Est; le vieux duc de Modène mourra dépouillé de ses états, victime de son attachement à la maison d'autriche; lui-même, l'Empereur sera tenu de reconnaître une nouvelle République, élevée sur les ruines d'une branche de sa famille.

Comment faire ces propositions au monarque le plus puissant, et au cabinet le plus fier de l'europe?

Il connait comme nous même le triste état de nos finances, notre pénurie extrême. Les troubles de l'intérieur de notre République sont exagérés à Vienne. L'astucieux cabinet de Petersbourg lui fera espérer des secours si long-temps attendus.

L'Angleterre lui tendra de faibles subsides, et la continuation de la guerre sera résolue, Ah ! plutôt terminons-là cette guerre destructive, et cherchons un équivalent qui satisfasse l'Empereur et l'indemnise de la perte de la Belgique et des sacrifices qu'on lui demande en Italie.

C'est en Allemagne que la maison d'autriche trouvera des voisins éclairés sur leurs vrais intérêts, des rivaux plus égaux en forces, c'est là que son agrandissement sera moins dangereux, parce qu'il sera plus aisé de s'opposer à ses desseins ambitieux.

En Italie, la politique la plus timide guide les conseils des puissances qui en partagent le terri- toire avec la maison d'autriche. On ne peut attendre des mieux intentionnées qu'une neutralité passive, et l'esprit superstitieux des habitans y contrariera toujours les progrès des Armées Françaises accou- rues pour les défendre.

Quand au contraire les Français se montreront au-delà du Rhin pour protéger l'indépendance Ger- manique, qu'ils ne pourront être soupçonnés d'y être conduits par des motifs d'intérêt particulier, ils pourront compter sur le concours d'une partie des princes germains et sur le vœu de tous.

Il n'est aucune maison souveraine dans l'Empire qui ne voie, avec une secrète jalousie, l'excès de puissance où est montée la maison d'autriche ; après la paix de Munster, la France et la Suède qui avaient fait prévaloir le parti des Princes opprimés par elle, jouirent en Allemagne d'une considération plus grande, d'une puissance plus réelle que le chef de la maison d'autriche, revêtu du titre d'Empereur.

L'ambition et la hauteur despotique de Louis XIV aliénerent de la France les esprits des princes de l'Empire; la faiblaisse de la Suède l'obligea de résigner cet emploi brillant, mais trop au-dessus de ses forces, que les victoires de Gustave lui avait procuré, les princes Allemands n'eurent plus de protecteurs, la maison d'autriche débarassée de ses deux surveillans, gouverna l'Empire avec l'autorité la plus absolue. Joseph I., sans le concours de la Diète, mit au ban de l'Empire deux Électeurs, en créa de nouveaux. Des circonstances favorables ont enfin élevé dans l'Empire une puissance capable de lutter contre la maison d'autriche, et de reprendre le rôle abandonné de défenseur de l'Allemagne. Tandis que la France, poussée par un esprit de vertige, sacrifiait pour l'Autriche ses troupes et ses trésors, que la Russie l'appuyait de toutes ses forces ; le héros de la Prusse a résisté seul à tant d'effort réunis ; le grand Frédéric n'est plus, mais son armée existe, mais sa sage économie lui a survécu. L'Autriche a donc en Allemagne un rival puissant, l'acquisition d'une province de plus dans l'Empire, qu'elle achetera par une diminution réelle de puissance, y doit être moins dangereuse qu'en Italie; cette indemnité due à l'Empereur, et donnée en Allemagne, ne peut être prise que sur la Bavière; à ce mot les préjugés se réveillent, on se rappelle qu'à 68 ans, Frédéric reprit les armes, et fit sa dernière campagne pour s'opposer à cette réunion, tant il la croyait fatale à la liberté de toute l'Allemagne. Depuis la mort de ce grand homme l'Europe a bien changé de face; la révolution opérée en France, a rendu à cette puissance une énergie dont elle manquait depuis long-tems, et une stabilité dans ses vrais intérêts politiques dont des vues particulières et des intrigues cachées écartaient continuellement le cabinet de Versailles.

La nouvelle République, appellée comme garante des transactions qui vont se passer, doit être regardée comme le plus ferme défenseur de la liberté germanique. Elle n'a pas hérité des préjugés de la monarchie française, non, elle ne regarde pas la maison d'Autriche comme son ennemie naturelle; mais elle est prête à le devenir de toutes les puissances qui abuseront de leurs forces pour opprimer des états plus faibles; ses armées ne marcheront au-delà du Rhin ou des Alpes, que pour y défendre l'indépendence et la liberté des peuples.

Si les princes allemands ont dans la France un appui sur lequel ils peuvent compter, ils doivent en trouver un autre dans la Russie. Depuis le dernier partage de la Pologne, cette Puissance a rapproché ses frontières de l'Allemagne; et voisine à la fois de la Prusse et de l'Autriche qui seules pourraient faire des projets contre l'indépendance de leur co-états, elle a un intérêt sensible à s'opposer à l'agrandissement de l'un et de l'autre.

Cette réunion de la Bavière, aux états de l'Autriche que l'on a si redouté, ne compromet donc plus la liberté germanique : elle entraîne il est vrai d'autres suites : elle nécessite, ou plûtôt elle ne fait que précipiter des changemens importans dans la constitution de l'empire, changemens que le tems et la raison qui à la longue triomphent toujours des vielles erreurs n'ammenaient qu'à pas lents mais certains.

Le roi de Prusse, à l'exemple de son prédécesseur, refusera son consentement à cette réunion. ou s'il le donne, ce sera à condition qu'il échangera aussi des provinces éloignées de la masse de ces états contre des territoires plus à sa convenance. Il demandera à l'Electeur de Saxe les deux Lusaces, au roi de Suède la Poméranie, aux ducs de Meclembourg leurs duchés. Ainsi des principautés qui de tems immémorial étaient gouvernées par la même maison, vont être exposées à changer de maîtres ; au moins le Monarque laisse-t-il en échange de vastes et superbes provinces en Franconie et en Westphalie. Il n'est pas impossible d'engager ces princes par des échanges avantageux à céder leur domaines patrimoniaux ; mais le duc de Bavière déplacé pour l'Autriche que deviendra-t-il, qui lui rendra son duché?

Il existe dans l'Empire une ressource que le génie de la paix semble avoir conservé jusqu'à

présent pour éteindre le flambeau de cette guerre
cruelle; c'est cette multitude de riches principautés ecclésiastiques dont l'Allemagne est couverte.
Leur sécularisation fournira des moyens d'indemniser tous les princes séculiers à qui la paix
future aura enlevé tout ou portion de leurs états.

Personne ne doit s'étonner, qu'à la fin du dix-
huitième siècle on se propose de faire cesser cette
bigarure singulière de princes ecclésiastiques et
seculiers, co-états du même Empire, et siégeans
à la même diéte.

L'Empire germanique a déjà dû l'état de tranquillité qui suivit la paix de Westphalie à l'expédient
des sécularisations. Nous allons achever cent cinquante ans après l'ouvrage commencé alors, et
l'Allemagne devra la pacification entamée à l'éxé-
cution entière de ce moyen salutaire.

Il ne viole en aucune manière le droit de
propriétés, pourvu que l'on conserve à l'usufrui-
tier une portion fixe et certaine de revenus
équivalens à sa jouissance.

Il ne change rien au culte établi, en séculari-
sant les principautés, on respectera les siéges
épiscopaux; ils seront suffisamment dotés. Il éloigne
seulement des autels une pompe et un mélange
de puissance séculière qui ne sont pas dans les
principes de la religion catholique.

Il n'altère pas la constitution du corps Germanique au moins dans un point essentiel. L'Empire
n'aura-t-il pas toujours son Empereur ? ses
Électeurs que l'on reportera à neuf, son collége

des princes, ses villes impériales, la diète en
sera-t-elle moins solennelle, parce qu'elle ne sera
pas divisée en deux bancs ; et qu'un des deux
ne sera pas rempli par des évêques, des moines
ou des abbesses ; cette innovation salutaire ne peut
compromettre d'aucune manière l'existence de
l'antique et respectable constitution germanique.
Nous ne chercherons pas à nous étendre sur tous
les avantages qui en résulteraient ; ne l'envisageant
que comme le seul moyen de finir une guerre qui
paraît interminable, il suffit d'avoir prouvé qu'elle
est sans inconvéniens graves, et qu'elle répond à
toutes les demandes des puissances intéressées ;
examinée sous ce point de vue, elle remplit tous nos
desirs.

Elle procure à la maison d'Autriche le seul dédommagement qui puisse lui convenir, et en même
tems en réunissant les possessions dispersées de la
maison palatine, elle en fait une véritable
puissance.

Elle donne à la maison de Brandebourg la pos-
sibilité de réunir toutes ses forces, et d'opposer
plus de résistance à sa puissante Rivale.

La maison de Saxe, de Brunsvic, de Malembourg,
de Wurtemberg, de Hesse, de Holstein y trouvent
une augmentation de forces utile à la balance des
pouvoirs, toutes les autres enfin, une indemnité
pour les sacrifices qu'elles peuvent faire au bien
de la paix.

La manière de procéder à cette sécularisation
générale dont on attend tant d'avantages, la fixation

des sommes qui seront données en indemnité aux titulaires actuels , des mesures précises pour en assurer le payement deviennent des suites nécessaires de ce projet, et le seul moyen de le justifier. Il devient aussi essentiel de définir quels droits exercera sur les états sécularisés le nouveau souverain. A la paix de Munster, une partie des souverainetés ecclésiastiques dont on disposa étaient vacantes, le culte était changé , les sièges épiscopaux furent supprimés, où il existait encore des titulaires l'administration leur fut conservée. Auguste de Saxe, adm. de Magdebourg , vecut jusqu'en 1680 , et ce ne fut qu'alors que l'Électeur de Brendebourg lui succéda; cette manière d'opérer était la plus conforme aux principes d'une justice stricte. Il serait à désirer que dans les circonstances où nous nous trouvons nous puissions l'adopter. La France est déjà en possession des domaines qu'elle arrache à l'Empire; peut-on ajourner jusqu'à près la mort des possesseurs actuels la jouissance des états que la maison d'autriche ne reçoit qu'à titre d'une indemnité onéreuse ; il en est de même des maisons de Bavière, de Saxe , de Meclembourg enveloppées dans une chance commune, elles pesent les unes sur les autres et accablent par leur poids les princes ecclésiastiques ; Il est donc de nécessité que la possession de ces princes finisse au moment où le traité de paix sera mis en exécution.

Ne pouvant conserver à ces princes l'usufruit de leurs états, nous ne devons rien négliger pour que les indemnités qui leur seront allouées soient suffisantes et assurées.

Rien de plus facile que de régler avec équité la quotité du dédommagement, mais en assurer le payement devient bien différent: ce sera toujours le faible qui demandera au puissant, et toutes les sûretés qu'imagine le premier, sont presque toujours le jouet des circonstances futures. Ayons cependant confiance en la bonne foi d'une nation régénérée, avançons et fixons le traitement dont jouiront les princes dépossédés.

L'indemnité qui leur est due est bien éloignée d'être la totalité des revenus de leurs principautés; il faut déduire les frais d'administration, ceux qu'exigent pour être exactement remplies ces deux obligations que contracte tout souverain envers ses sujets, protection et justice. Otez-en encore les secours à verser aux malheureux, les encouragemens à donner aux arts, aux sciences, au commerce; et quelque riche que soit un souverain né bienfaisant, ses nobles dépenses ont bientôt épuisé son trésor.

D'après ces réflexions, nous croyons atteindre un juste milieu entre la profusion et une économie trop sévère, en fixant l'indemnité de chaque électeur à quatre-vingt mille écus de l'empire, ou trois cents soixante mille l. de France. . 80,000 reichs d. Celle de l'archévêché de Saltsbourg, à 60,000 r. d. ou deux cents soixante-dix mille livres. . 60,000.

Des évêques, nous ferons quatre classes; dans la première, ceux de Wurtsbourg, Munster, Liège et Bamberg à quarante mille reichs dallers. Dans la seconde, ceux de Paderborn, Hildesheim, Osna-

C

bruc, Augsbourg et Fulde, à trente mille ; dans le
troisième, ceux Eischetat, de Spire, de Basle,
de Passau, de Frissingen, de Trente, de Brixen,
à vingt mille reichs dallers.

Dans la quatrième, Strasbourg, Constance,
Worms, Ratisbonne et Lubec, à 20 mille reichs d.
Total pour le corps épiscopal huit cents vingt-
cinq mille reichs dallers.

Il y aurait deux classes pour les abbés qui siè-
gent à la diète, une pour ceux qui jouissent d'un
suffrage personnel dans le collége des princes. Ces
prélats sont au nombre de cinq, Kempten,
Elvangen, Corvey, Stavelo et Bertolgaden. Nous
n'y comprenons pas l'abbaye de Prum, et la
prévôté de Veissembourg incorporés il y a
long-tems, l'une à l'Archévêché de Trèves, l'autre
à l'Evêché de Spire. Nous allouerons à chacun de
ces prélats quinze milles reichs d., total soixante
et quinze mille.

La seconde classe sera composée des abbayes
d'hommes dont les chefs ont un suffrage collec-
tif dans le Banc du Rhin ou de Souabe. Des
maisons qui doivent être comprises dans cette
classe, beaucoup n'exercent aucun droit regalien.
Les unes ont des revenus considérables, d'autres
n'en ont que de médiocres. Les abbayes situées
dans les villes impériales, comme st. Emmeran
à Ratisbonne, st. Ulric à Ausbourg, st. George
d'Isny n'y sont pas comprises, n'étant cédées à
aucun prince séculier. Les autres se réduisent à
une vingtaine. Nous fixerons le terme moyen des

indemnités à cinq mille reichs dallers pour chaque abbé.

Total pour les deux classes de prélats, cent
soixante et quinze mille reichs dallers.

Total général pour les deux ordres, un million
de reichs dallers qui évalué à quatre liv. dix
sous de france, donne quatre millions cinq cent
mille livres. Par qui les fonds seront-ils faits, et
quelles mesures prendra-t-on pour en assurer le
payement?

On ne peut rien demander aux princes qui
ne font que des échanges à peu près égaux,
encore moins à ceux qui reçoivent quelques unes
de ces principautés à titre onéreux, mais il parait
juste de faire contribuer à cette indemnité ceux
à qui cette révolution procure augmentation de
revenus, et agrandissement de territoire.

Ainsi le Landgrave de Hesse à qui, d'après le
projet annexé à ce mémoire, on céde Fulde, l'E-
lecteur d'Hanovre pour Osnabruc, Hildesheim et
Corvey ne peuvent se dispenser de fournir le
traitement aux princes qu'ils remplacent.

La France doit de même seule l'indemnité pour
les Evêques de Bâle, de Liège et l'abbé de
Stavelo.

Ces réductions diminuent la masse des indemnités dues au corps Episcopal, de cent soixante
cinq mille reichs dallers, et celle des prélats de
trente mille.

Nous allons avoir une autre réduction à faire,
et nous trouverons un placement solide pour le

C 2

quart des traitements alloués aux évêques princes, en même tems nous userons d'une précaution sage pour la conservation des sièges épiscopaux.

Le quart destiné à passer à leurs successeurs et à servir de dotation et de patrimoine à l'évêché, consistera d'abord en un palais dans la ville épiscopale, ensuite dans des biens ruraux, terres et une maison de campagne prélevées sur le domaine actuel de l'évêché. Au moyen de ces deux sommes à déduire, il ne nous reste plus à assurer des fonds que pour quatre cents quatre-vingt-quinze mille reichs dallers pour l'ordre épiscopal, et cent-trente-cinq mille pour les prélats abbés:

Total six cents-trente mille reichs dallers.

La Nation française est trop juste pour vouloir se dissimuler qu'elle seule a donné la première impulsion à ce grand mouvement, qu'elle gagne à ce changement des provinces riches dont la possession était l'objet de l'ambition des souverains les plus puissans; elle se chargera sans balancer de l'acquit de la totalité de cette somme, ce n'est pas acheter trop cher le patrimoine de la maison de Bourgogne.

Si la Hollande n'avait pas perdu par cette paix les précieux établissemens qu'elle céde à l'Angleterre, elle aurait dû contribuer au payement de cette somme: elle acquiert les biens héréditaires de la maison d'Orange, de plus le marquisat de Bergopzoom et la seigneurie de Ravensten : l'indemnité accordée à l'ex-Statouder consistera dans un évêché et de riches lambeaux des archévêchés de Trèves et Cologne, mais la France viendra au secours de son alliée malheureuse, et se chargera elle-seule de faire les fonds nécessaires.

Dans le traité de paix qui interviendra entre l'Empire et la République française, celle-ci s'engagera au payement annuel de cette somme qui s'éteindra successivement par la mort des princes dépossédés ; à cette condition seulement, l'Empire et la maison d'Autriche renonceront aux droits qu'ils ont sur les provinces et états réunis au territoire français. Le traité de paix sera d'abord approuvé par les Corps législatifs, ensuite porté aux assemblées primaires, et son exécution confiée à la loyauté de la nation. Indépendamment de cette somme, la République en devra une autre de soixante et quinze mille reichs dallers aux évêques de Liége, Bâle et abbé de Stavelo.

Dans le territoire de la République est enclavée l'abbaye de Thorn état de l'Empire, où la République la laissera subsister, où elle payera à l'abbesse et aux dames capitulaires quinze mille reichs dallers par an.

La République devra aussi indemnité aux chapitres de Liége et de Bâle, au cas où elle les supprima, comme il est vraisemblable, cette indemnité serait à raison de cinq cents reichs dallers par membre de chaque chapitre.

Résumé des indemnités à payer par la République aux évêques et prélats de l'Empire y compris Liége et

Bâle, avec Stavelo. 705,000

A l'abbesse de Thorn 15,000

Aux chapitres de Liége et Bâle
pour 70 chanoines 35,000

Total des indemnités . . . . . . 755,000 reichs d.
ou 3,197500 livres.

Les droits qu'acquerra le nouveau propriétaire
par la sécularisation d'une principauté épiscopale
sont tous les droits regaliens dont jouissait le prince évêque, et tous ses revenus même domaniaux et
territoriaux, à la réserve du quart du traitement
alloué au titulaire actuel qui doit être placé et
constitué en fonds de terre.

Le traitement des prélats, états de l'Empire, qui
ne sont pas de l'ordre épiscopal, étant soldé par la
caisse formée pour subvenir à cette dépense, le
prince à qui la supériorité territoriale d'une abbaye
sera concédée, aura droit de réunir à son fisc la
manse abbatiale toute entière, si elle est distincte,
de celle de la communauté, ou la moitié des revenus de la maison si elle ne l'est pas.

Lorsqu'une province tombera à un prince d'une
communion autre que celle qui est reçue et do-
minante, il donnera des reversales à ses sujets
pour la sûreté de leur culte, ainsi qu'il est pra-
tiqué en Saxe et dans le duché ce Wurtemberg.

Les abbayes des femmes, états de l'Empire, ne
prendront que les droits regaliens qu'elles exer-
çaient : leur biens et domaines seront assujétis à
payer les impositions communes : elles conserve-
ront le reste de leurs revenus : le souverain pourra,

en vertu de son autorité, empêcher qu'on ne reçoive de nouvelles postulantes, dans une maison qu'il voudra supprimer; mais les proffesses actuelles ne pourront être forcées à en sortir.

Les chapitres épiscopaux et les cures seront conservées dans leur intégrité : tous les autres établissemens ecclésiastiques pourront être supprimés, mais les membres des communautés dissoutes jouiront toujours en viager de la moitié des revenus de leur maison.

Tels seront les effets de cette sécularisation assez rapprochée des opérations exécutées par Joseph II dans ses états héréditaires; elles ne lui ont pas fait perdre le titre de majesté apostolique, cependant l'opposition de la maison d'Autriche à la sécularisation des principautés ecclésiastiques de l'Allemagne, est plus à craindre que celle de ces états eux-mêmes. Ceux-ci n'ont aucune puissance, quoique par leur population, par les revenus qu'en tire le souverain, quelques de ces principautés soient appellées à figurer parmi les plus puissantes de l'Allemagne, le gouvernement sacerdotal en a paralisé les forces. Elles forment collectivement un parti dans l'Empire, dont le chef est la maison d'Autriche; l'influence dont celle-ci jouit à la diète tient à cette quantité de suffrages ecclésiastiques, dont elle dispose à son gré; indépendamment de ce lien général, ces princes élus par leur chapitre, le sont presque toujours par la brigue du parti autrichien qui y est ordinairement le plus fort. Ils savent à qui ils doivent leur élection, et témoignent leur reconnaissance à leur protecteur par une entière soumission à ses volontés.

On peut donc regarder l'Autriche comme disposant dans le collége électoral de quatre voix ; les trois suffrages ecclésiastiques et de celui de Bohême.

Au collége des princes elle a la même force, il est composé de quatre-vingt dix-huit voix, trente-cinq sont donnés par le corps ecclésiastique ; l'Autriche en a deux. Elle est encore maîtresse des suffragés d'une douzaine de nouveaux princes qu'elle a fait admettre, et qui ne sont la plupart que des gentils - hommes de ses états héréditaires. On ne s'étonnera plus de la facilité avec laquelle l'Empereur domine la diète de Ratisbonne ; il lui suffit de faire entrer dans ses vues une seule maison électorale, et sa volonté devient la loi de l'Empire.

Plus j'accumule de faits et de réflexions, et plus je reste convaincu que la guerre ne peut cesser qu'en accordant à l'Angleterre et à l'Empereur des avantages qu'ils ne pourraient prétendre d'après le *statu - quo* pris pour base des négociations.

Dans les guerres qui s'élèvent entre les nations puissantes de l'Europe, la dépense est si excessive, qu'à la fin d'une campagne en comparant l'état respectif des deux puissances, on a moins égard aux succès qu'elles ont obtenu, qu'aux moyens qui leur restent pour en entreprendre une autre : sous ce rapport, la position de la France est bien défavorable. En accordant que les efforts

inouis qu'elle a fait ne l'ont pas épuisé au point
où ses ennemis le prétendent , il est au moins
évident que les ressources que l'Autriche
et l'Angleterre trouvent mutuellement dans la
population de l'une et dans le crédit et les
richesses de l'autre, ne rendent leur situation
préférable à celle de la France obligée de lutter
seule depuis cinq ans contre ces redoutables ennemis.

Nous avons fait assez pour l'honneur de nos armes,
pour assurer à notre nouvelle République le premier
rang parmi les nations guerrières de l'Europe. Les
sacrifices nécessaires que nous ferons pour arriver
à une paix glorieuse, ne nuiront pas à notre ré-
putation, et consolideront les avantages qui nous
resteront.

Laissons donc à l'Angleterre le Cap et Ceylan ,
puisque ce n'est qu'à ce prix qu'elle peut consen-
sentir à la paix ; offrons à l'Electeur de Hanover un
riche démembrement de biens épiscopaux.

Pour l'Empereur , j'avais pensé que la partie
méridionale du cercle de Bavière aurait suffi pour
l'indemniser de la perte de la Belgique ; mais
pour le déterminer à la sécularisation projettée en
Allemagne et aux sacrifices qu'on lui demande en
Italie, je ne vois que trop qu'il faudra lui céder
aussi la partie qui est au nord du Danube.

Je crois avoir prouvé qu'il convient mieux d'ac-
corder ce dédommagement en Allemagne, et d'af-
faiblir la maison d'Autriche en Italie.

Je joins à cet essai, qui n'est et ne sera peut-être que le rêve d'un bon citoyen, un projet de préliminaire entre les puissances belligérantes, et un autre de répartition des états ecclésiastiques de l'Allemagne entre les princes lésés par les cessions ou échanges projettés; j'ai cherché à concilier les intérêts de toutes les maisons souveraines de l'Empire, et à m'écarter le moins possible des convenances réciproques.

Que ce plan ou tel autre soit adopté, et nous produise cette paix si désirée : tous les peuples intéressés à la fin de cette guerre, attendent avec anxiété le résultat des négociations entamées.

Vous chefs des Gouvernemens, sous quelque nom que vous administriés, Monarques, ou simples Délégués du peuple, si des vues personnelles vous éloignaient de cette pacification générale, si vous apportiés dans cette grande discussion d'autres intérêts que ceux des peuples confiés à vos soins ; songez à la responsabilité que vous attireriez sur vous mêmes : que le sang qui coulerait inutilement, retombe sur vos têtes : puissent alors les généreux guerriers rangés en partis opposés, réunir leurs drapeaux pour épouvanter par votre supplice ceux d'entre vous qui se joueraient du sang et de la vie de leurs concitoyens.

Articles préliminaires du traité de paix, à conclure entre la République française, l'Espagne et la Hollande d'un côté, et l'Empereur, comme chef de la maison d'Autriche et de l'empire Germanique, le Roi d'Angleterre, l'Empereur de Russie et leurs Alliés.

Entre la France et l'Angleterre, et les Alliés de ces deux puissances.

Evacuation par les Armées françaises de tout le pays, entre Meuse et Rhin, non réuni à la république.

Restitution par les Anglais de toutes les colonies françaises, qui ont été conquises ou occupées pendant la guerre, tant en Amérique qu'en Affrique, et dans les Indes orientales.

Reconnaissance par l'Angleterre de la république Cispadane, et la nouvelle constitution de la république batave.

Cession des établissemens au Cap de bonne-Espérance et à l'Ile de Ceylan, faite par la république batave au roi d'Angleterre.

Restitution de toutes les autres colonies hollandaises que les Anglais ont conquis.

Renonciation de la France aux droits acquis sur le port de Flessingue, et à celui de mettre garnison dans Bergopzoom et Bois-le-duc, en tems de guerre.

La République française, pour montrer sa gratitude au roi d'Espagne, lui rendra la partie occidentale de Saint-Domingue, ainsi qu'elle lui avait été cédée.

Entre l'Empereur, le corps Germanique et la
République française.

Cession à la République française faite par l'Empereur, comme chef du corps germanique, et de la maison d'autriche, des pays-bas autrichiens, formans le cercle de Bourgogne, des évêchés et principautés de Liège et de Basle, du comté de Montbéliard, et de la principauté abbatiale de Stavelo et Malmedi, et en général de tous les états et dépendances de l'Empire qui se trouveront situées au midi des nouvelles limites qui vont être fixées dans le pays entre Rhin et Moselle, ou enclavées dans le duché de Luxembourg, dans le pays de Limbourg, tant Autrichien que Hollandais, dans l'évêché de Liège, le quartier de Raremonde dans la Gueldre, et le territoire de Venlo, cédés à la République, par le présent traité.

Les limites convenues entre la France et l'Empire, entre le Rhin et Moselle, sont :

La Queiche, depuis son embouchure dans le Rhin; au midi de Germeshem, jusqu'au commencement du vallon d'Anveiler, auprès du village de Vilguerrensen, ou un de ses bras coupe le chemin de Landau à Bitche.

De ce point, le grand chemin ci-dessus cité jusqu'à son entrée dans le comté de Bitche;

Delà les anciennes limites , jusqu'à ce qu'elles aient atteint la Sarre ensuite la Sarre elle même jusqu'à son embouchure dans la Moselle.

La République se réserve cependant, au-delà de la Queiche , le territoire des trois villages cédés avec la ville de Landau.

Au-delà de la Sarre , vis-à-vis de Sarlouis, l'arrondissement marqué par les limites actuelles, et l'enclave de Kastel sur la Brems ; le grand chemin, par-tout où il sert de limite , appartiendra à la République française, qui ne pourra y établir de péages.

Il n'est rien changé au-delà de la Moselle , aux limites convenues entre le Luxembourg, le Limbourg, l'évêché de Liège, le quartier de Ruremonde et le territoire de Venlo d'un côté , et de l'autre, l'électorat de Trèves et le duché de Juliers.

L'Empereur , comme chef de l'Empire et de la maison d'Autriche , et le corps Germanique, renonce à toutes leurs prétentions sur lesdites contrées , ainsi que sur les dépendances et territoires de l'Empire , situés au midi de la ligne désignée du Rhin à la Moselle , et au couchant, de celle qui commence à l'embouchure de la Sarre dans la Moselle, et s'étend jusqu'au delà de Venlo , et ils consentent qu'ils cessent de faire partie de l'Empire, et qu'ils soient réunis à la République française.

La France évacuera la partie de l'Italie que ses armées occupent, et rendra à l'Empereur le Milanois et le Mantouan, au Nord du Pô.

Elle renonce à la cession qui lui a été faite par le

Margrave de Bade, de ses possessions au-delà des nouvelles limites, et à toutes autres prétentions.

Elle consent à remettre, relativement au pont de Kell, les choses dans l'état où elles étaient avant la guerre, à supprimer le pont d'Huningue, et abattre les retranchemens au-delà.

La République française se charge de payer annuellement aux évêques dépossédés et aux prélats sécularisés une somme de 755,000 reichs dallers qui s'éteindra successivement à la mort des titulaires.

La navigation du Rhin et de la Moselle seront libres et exemptes de tout péage, ceux qui existent seront supprimés, et il ne sera permis à aucun prince d'en établir de nouveaux.

La République française fera jouir de la même liberté et franchise, ceux qui navigueront sur la Meuse.

La République française, l'Angleterre et la Russie, entrent comme garantes dans les arrangemens qui seront pris, par la diète de l'Empire, pour procurer des indemnités aux princes, qui, à raison du traité de paix futur, ou de ceux qui ont été contractés pendant la durée de la guerre, ont été ou seront privés d'une portion de leurs états ou propriétés.

Les mesures proposées par ces puissances, sont :

La sécularisation de toutes les principautés ecclésiastiques de l'Empire.

La suppression des trois électorats ecclésiastiques.

La création de quatre nouveaux électeurs, pour repporter le collège à neuf.

La désignation des ducs de Vurtemberg, Meclen-bourg, du Landgrave de Hesse - Cassel et du prince de Nassau, Orange, pour remplir les quatre places vacantes.

La distribution des principautés ecclésiastiques, ainsi quelle est arrêtée dans le projet ci-joint.

Conditions du traité de paix, relatives aux princes de l'Italie.

Entre l'Empereur et la France.

L'Empereur cédera au roi de Sardaigne, les villes et territoires de Lodi, Crémone et Pavie.

Il reconnaitra la république Cispadane, se chargera de faire renoncer le duc de Modène, et l'archiduc Ferdinand d'Autriche, aux duchés de Modène et Reggio, et à la principauté de Massa, et de leur donner une indemnité convenable; il cédera à la république Cispadane, la partie du Mantouan, au Midi du Pô.

Les Armées françaises remettront à l'Empereur le Milanois et la partie du Mantouan, au Nord du Pô.

Entre le Roi de Sardaigne et la France.

Le roi de Sardaigne recevra, en indemnité des duchés de Savoye et comté de Nice, les villes et territoires de Pavie, Lodi et Crémone.

L'armée française évacuera la partie du Piémont et les forteresses sur le Pô, qu'elle occupe.

Les différens entre Sa Majesté Sarde et la République de Gênes, seront terminés par la médiation de la France.

Tous les autres articles du traité, fait entre la France et le feu roi de Sardaigne, sont maintenus.

Entre la République Cispadane.

La République Cispadane sera maintenue dans son indépendance, et l'Empereur lui cédera le Mantouan, situé au Midi du Pô.

Avec le Pape.

Le Saint-Père, cédera à la République française, la ville d'Avignon et le comté Venaissin.

Il reconnaîtra la République Cispadane, et renoncera à toutes ses prétentions sur le Bolonais et le duché de Ferrare.

Il cédera au roi de Naples les villes de Bénevent et Ponté - Corvo, enclavées dans les états de ce Souverain.

Renoncera à la cérémonie de l'hommage que lui rendait le roi des deux Siciles, et à tout droit de vassalité sur l'un ou l'autre de ces deux royaumes.

Il désincamera les états de Castro et de Ronciglione, et les rendra au duc de Parme.

La République française se désiste de toutes autres demandes faites au Saint-Père, et nommément de celle qui regardait les tableaux et chef-d'œuvres qui décorent la ville de Rome.

Les élèves français continueront d'être sous la
protection

protection de l'ambassadeur de la République à Rome, et jouiront de toutes les prérogatives dont ils étaient en possession avant la rupture.

Le Directoire français n'exigera du pape aucune déclaration relative au culte.

Au Duc de Toscane.

La République française évacuera Livourne, dès que le roi d'Angleterre aura fait sortir ses troupes et ses vaisseaux de guerre de Porto-Ferraio.

Avec la Russie.

La plus parfaite intelligence sera rétablie entre les deux puissances.

L'empereur de Russie reconnaîtra le nouveau gouvernement que la république Batave se donne dans sa constitution, ainsi que la république Cispadane; il sera invité à intervenir comme garant les arrangemens proposés pour le partage des biens ecclésiastiques de l'Allemagne. La République française reconnaîtra de même et garantira les partages de la Pologne, faits entre la Russie, l'Autriche et la Prusse. Tous les anciens traités faits avec la Russie, et sur-tout ceux relatifs au commerce, seront rétablis.

Avec le Portugal.

Nous n'avons à stipuler avec cette puissance, que le retour de l'amitié et de la bonne intelligence.

D

PROJET de répartition des principautés ecclésias-
tiques et d'échange de territoires, d'après le mémoire
précédent.

Maison d'Autriche.

L'empereur, en échange de la Belgique, recevrait
le duché de Bavière, au Midi du Danube, excepté
les petites parties qui sont à la gauche du Lech.

L'archévêché de Saltbourg et la prévôté de
Berchtolsgaden.

Les évêchés de Passau et de Frisinguen, dans le
cercle de Bavière, ceux de Trente et de Brixen
en Tirol.

En échange du Pavesan, et des territoires de Lodi
et Crémone qu'il abandonnerait au roi de Sardaigne,
et pour l'indemnité due au duc de Modène, on y
joindrait les dépendances du duché de Bavière au
Nord du Danube, excepté Donavert qui rede-
viendra ville Impériale.

Le haut Palatinat, la principauté de Sultzbac,
le Landgraviat de Leuchtemberg, le duché de
Neubourg, hors les trois baillages de Lavingen,
Hochstedt et Gundelfingen enclavés dans la Suabe.

Il cédera en Suabe, à la maison de Bade, l'Or-
tenau, et la préfecture des trois villes Impériales,
Offembourg, Gengenbach, et Zell ; au duc de
Vurtemberg, la préfecture de Suabe.

Au prince de Nassau - Sarbruck, le comté de
Falkenstein dans la Westrie, et en compensation
il recevra l'évêché de Ratisbone, la seigneurie de

Rotenbourg en Franconie, le baillage de Wilseck dépendant de Bamberg, et enclavé dans le haut Palatinat, le baillage de Shlingen, dépendant de Bâle, enclavé dans le Brisgau. Le comté de Bondoru, dépendant de l'abbaye de Saint Blaise dans le Brisgau, la seigneurie de Blumeneck, enclavée dans les comtés du Vorarlberg, dépendante de l'abbaye de Elchingen, les abbayes de Vettenhausen, dans le Burgaw de Petershausen, près de Constance et de Kaysersheim, dans le duché de Neubourg.

De la maison de Brandebourg.

Le roi de Prusse, comme chef de cette maison, cédera le duché de Cléves, le comté de la Marck, ceux de Lingen et Tecklembourg, la principauté de Mœurs et la partie du duché de Gueldre, dont il jouit, ne se réservant de ses états en Westphalie que la principauté de Minden, et le comté de Ravensberg.

Il cédera de même les deux burgraviats de Franconie, et la portion du comté de Sayn dite Sayn-Altenkirchen.

Pour recevoir les deux Margraviats de Lusace, qui seront regardés comme états de l'Empire.

La Poméranie, qui appartient au roi de Suède avec l'île de Rugen.

Le duché de Méclembourg, non compris la principauté de Ratzebourg.

La ville de Vismar et son territoire, comme en jouissent les rois de Suède.

D 2

L'électeur Palatin,

Cédera tous les états qu'il possède dans les cercles de Bavière, de Suabe, et la seigneurie de Rotembourg, en Franconie.

Consentira aux cessions à faire à la France dans le Palatinat, à l'occasion des nouvelles limites qui seront fixées à la Queiche.

Abandonnera à la Hollande le domaine utile des marquisats de Bergopsoom, et de la seigneurie de Ravestein.

Cédera au Landgrave de Darmstadt la moitié du baillage de Gross-Umstadt et celui d'Utzberg, enclavés dans ce Landgraviat. Plus la ville de Veingarten au Margrave de Bade.

Pour recevoir le duché de Clèves, les comtés de la Mark, de Lingen et de Téclembourg, la principauté de Meurs et la partie de la Gueldre, possédée par le roi de Prusse, cette dernière sera incorporée à l'Empire et au cercle de Westphalie. Tout l'électorat de Cologne, à la réserve du duché de Westphalie et du comté d'Arensberg.

Toute la partie de l'électorat de Trèves à l'Ouest du Rhin, excepté d'abord le baillage de St. Vendel, ensuite ce qui étant renfermé entre la Sarre et la Moselle doit entrer dans les nouvelles limites de la République Française.

Sur la droite du Rhin, et dans le même électorat, il jouira de tout ce qui n'est pas porté dans les exceptions suivantes, savoir; les parties des comtés de Sayn et Nider-Isembourg, la seigneurie de

Vallendar ; réunies à l'électorat, les baillages de Montabaur et Limbourg, sur la Lahn. La moitié qu'avait l'Électeur dans les baillages de Camberg et de Wehren en Vetéravie. Les droits de Tréves sur l'abbaye d'Arnsteim, et sa portion dans Munsfelden.

L'électeur Palatin aura encore dans l'archévêché de Mayence tout ce qui est à gauche du Rhin, et de plus sur la droite de ce fleuve le Rhingau en entier, la Vidamie de Cassel, les baillages de Hoechst et Cronberg, en Vetéravie, celui de Starkembourg dans l'Odenvald, et de Guernsheim sur le Rhin. Ceux de Bishofsheim sur le Tauber, et Crauteim sur le Yaxst, entre le Palatinat et la Franconie.

L'évêché de Spire, des deux côtés de la rivière, excepté à gauche, ce qui en est ôté pour être réuni à la France, et à droite la moitié de la ville de Gerspac, qui appartiendra en entier au Margrave de Bade. La supériorité territoriale sur l'évêché de Worms, le revenu utile devant être employé à des indemnités aux princes allemans possessionnés en Alsace. La supérioté territoriale sur les abbayes d'hommes de Werden, St. Cornelis - Münster et la prevôté d'Odenheim, ainsi que sur les abbayes de femmes d'Essen et de Burscheidt.

L'électeur s'engagerait à abolir tous les péages qui existent sur le Rhin, et à n'en établir aucun de manière que la navigation y soit libre et affranchie de tout droit ; il en sera de même sur la Moselle.

Ce prince renoncera à toutes les possessions et droits qu'il avait dans l'Alsace, et autres provinces réunies à la France.

Du Duc de deux Ponts.

Il consentira à la cession des parties de son duché qui sont enclavées dans les limites nouvelles de la France. Renoncera à toutes les terres qu'il possédait en Alsace et en France. Recevra en compensation les portions afférantes à Bade, dans les comtés de Sponhem, la seigneurie de Rotalben ; la République française lui transportant les droits qu'elle a acquis par la cession que lui a fait le Margrave de Bade, tant des deux parties de Spoheim, que de ladite seigneurie. Il aura de plus les parties des baillages de Permassens et Limberg, qui ne sont pas comprises dans les limites de la France.

De l'Électeur de Saxe.

Ce prince céde à la maison de Brandebourg, les deux marquisats de haute et basse Lusace ; il aura pour indemnité, la ville Erfurth en Thuringe, avec son territoire, l'Eichsfeld, sans y comprendre les deux villes impériales de Mulhausen et Northausen, l'évêché de Bamberg, excepté le baillage de Vilseck.

Le Burgraviat de Culmbac, tant au delà qu'en deçà des Monts, et le tiers de celui d'Anspach.

A la maison de Brunswick - Hanover.

La possession pleine et entière de l'évêché d'Osnabruck, celui de Hildesheim, et la principauté de Ratzbourg, les baillages d'Uchte et Frudemberg.

dans le comté d'Hoya, qui appartenaient au Landgrave de Cassel, le duc de Brunswic Wolfembutel, aura l'abbaye de Corvey.

Meclembourg-Shwerin.

Les ducs de Meclembourg céderont les duchés de Meclembourg, la principauté de Shwerin, et celle de Ratzbourg.

La branche aînée aura, avec une place dans le collége électoral, la principauté de Wurtsbourg.

Les deux tiers du Burgraviat d'Anspach partagé avec l'electeur de Saxe, l'évêché d'Eichstedt en Franconie.

Au duc de Meclembourg-Strelitz.

Les trois baillages du duché de Neubourg enclavés dans la Suabe, Lavingen, Hochsfstedt et Gundelfingen.

Les parties de ceux de Shengau et Lansperg ou autres dépendances de la Bavière, qui sont à la gauche du Lech, la principauté d'Augsbourg, celle de Kempten en Suabe.

Les comtés de Mindelheim et Shwabec, dépendans de l'électeur de Bavière en Suabe. La supériorité territoriale sur toutes les abbayes, états de l'empire, situées au Midi du Danube, et entre le Lech et Iler, excepté celle de Vettenhausen qui est cédée à l'Autriche et St. Ulrich dans Augsbourg.

Duc de Wurtemberg.

Il a cédé à la France la principauté de Montbeliard

ses dépendances, le comté d'Horbourg, la seignen-
rie de Riquevire en Alsace, et autres possessions
en France.

Il donnera de plus au Margrave de Bade deux
enclaves dans le marquisat de Dourlach : sera fait
septiéme électeur de l'Empire, et recevra le comté
de Vissensteig dependant de la Bavière.

Il sera érigé pour lui une principauté consis-
tante dans les préfectures de Suabe, les terres de
l'évêché de Constance, la supériorité territoriale
sur les commanderies d'Althausen et Meinau de
l'ordre teutonique, toutes les abbayes au midi du
Danube entre l'Iler et le Brisgaw, et celle de Zwi-
falten et de Roten-Munster, la dernière près la
ville de Rotweil : elle portera le nom de nouvelle
principauté de Montbéliard.

Landgrave de Hesse-Cassel.

Le Landgrave deviendra électeur, cédera à celui
d'Hannover sa portion dans le comté d'Hoya et
recevra les bailláges de Fritzlar et d'Amenebourg
dépendans de Mayence.

Il aura ensuite l'évêché de Fulde en entier, et
la part de Mayence dans Treffurt.

Hesse d'Armstadt

Céde à la France le comté de Lichtemberg en
Alsace, et toutes ses possessions en France, de
plus les baillages de Permassens, Lemberg, Lichtenau et Wilstedt.

Recevra de l'électeur Palatin le baillage de Dutzberg et la moitié de celui de Gross-Umstadt enclavés dans le territoire de Darmstadt.

Celui de Diepur dependant de Mayence, même territoire.

Celui de Ober Lohustein à l'embouchure de la Lahn dans le Rhin.

Ceux d'Ober-Stenheim, Aschaffembourg Miltemberg, Amorbach et Clingenberg dépendans tous de Mayence, et limitrophes au Mein.

Nassau-Orange

Ce prince cédera ses possessions héréditaires en Hollande et dans les Pays bas.

Il sera le neuvième électeur, et ses états en Allemagne seront augmentés,

Du duché de Westphalie et comté d'Arensberg dépendans de l'électorat de Cologne.

De l'évêché de Paderborn.

Du baillage de Montabaur qui sera joint à son comté de Diets.

Et de la portion de Sayn Anspac qui touche à la principauté de Siegen.

Nassau Veilbourg, Nassau Saarbruc et Usingen.

Les princes de Nassau Saarbruc et Nassau Veilbourg cédent à la France la supériorité territoriale de leurs possessions enclavées dans l'Alsace et la Lorraine : le domaine utile leur est conservé ;

Ils en jouiront, comme tous les citoyens Français, en indemnité du droit de souveraineté qu'ils perdent sur cette partie de leurs états, et des redevances féodales qui vont être éteintes.

Le prince de Nassau Veilbourg recevra le baillage de Limbourg sur le Lahn dépendant de Trèves.

La moitié de celui de Camberg qui appartenait à Trèves, en indivis avec Nassau Diets.

Le prince de Nassau Saarbruck recevra de même le baillage de St. Vendel attenant à sa principauté.

Le comté de Falkenstein cédé par l'Empereur dans la Westrie.

Moitié du baillage de Wehren en Veteravie qui était indivis entre Trèves et Nassau Orange.

Maison de Holstein.
Branche Royale de Danemark.

L'évêché de Lubeck et son territoire réunis au Holstein.

Branche royale de Suède

Le roi de Suède cédera la Poméranie Suédoise, il recevra en compensation la principauté d'Oostfrise et l'évêché du Munster en entier.

Le Margrave de Bade.

Cède tous les états qu'il a au-delà du Rhin, savoir, le comté de Sponheim et la seigneurie de Rotalben, ses biens en Alsace et dans le Luxembourg.

Il reçoit pour échange l'Ortenau et la préfecture

des trois villes de Offembourg, Gengenbac et Zelt:
l'Abbaye de Gengenbac. Les baillages d'Obérkirk
et Ettenheim, dépendant de l'évêché de Strasbourg.
Ceux de Wilsted et Lichtenau, appartenans au
Landgrave Darmstadt, comme partie de la
succession d'Hanau, Liktemberg.

La ville et territoire de Weingartem du Palatinat.
La moitié de la ville de Gersbach, dépendans de
l'évêché de Spire. Deux enclaves de Virtemberg,
dans le marquisat de Dourlach.

Le prince de Salm.

Ce prince céde la principauté de ce nom à la
France, tous les Rhingraves réunis, la seigneurie
de Dimeringen.

Le prince de Salm recevra la prévôté d'Elwangen
et sera chargé d'indemniser ses cousins.

Les princes de Lowestein et Stolberg.

Ces deux maisons possèdent, dans le duché de
Luxembourg, le comté de Rochefort, et les sei-
gneuries de Cugnon et Chassepierre; ces dernières
à titre de biens immédiats et indépendants. Ces
terres rentreront sous la domination française et
seront régies selon les lois observées dans la République, pour dédommager les propriétaires des pertes
qu'ils feront sur leurs revenus.

La maison de Lowestein jouira du baillage de
Saalmunster, au Nord du Mein, dépendant de
Mayence, celle de Stolberg, du comté de Konigstein

sur lequel elle a des droits, et du dermi baillage d'Alzenau, partagé avec Hanau.

Comtés de *Wied Runkel*, et princes de *Neuvied*.

Les comtes de Wied perdent le comté de Créanges, ils seront dédommagés par la partie de Sayn, réuni à Tréves et le bourg de Bendorf, dépendant d'Anspach.

Le prince de Neuwied, pour réparation des dommages soufferts par la ville de Neuwied, recevra la portion dont Trèves jouit dans le comté de Nider-Isembourg, et la seigneurie de Vallendar.

NOTES

SUR L'ÉCHANGE PROPOSÉ

A LA MAISON D'AUTRICHE.

Si la Maison d'Autriche écoutait moins les suggestions de ses ennemis secrets qui la poussent à la continuation de la guerre, si elle ne consultait que ses véritables intérêts, elle devrait accepter avec empressement l'échange qui lui est offert. Il est aisé de démontrer qu'elle ne peut espérer d'obtenir par la continuation de la guerre des avantages plus grands que ceux qu'elle trouverait en concluant la paix à ces conditions.

Dans le cours de la guerre deux grandes provinces lui ont été enlevées; quelles espérances fondées, quelle probabilité a-t-elle pour les reconquérir.

Pour que les armées Impériales rentrent dans la Belgique, il faut qu'elles chassent les Français de Dusseldorf, qu'elles les écartent du Bas-Rhin, les poussent jusqu'au-delà de la Meuse, les y poursuivent, et qu'elles reprennent Mastricht ou qu'elles pénétrent au-delà de la Moselle entre Metz et Luxembourg : elles auront alors à combattre toutes les forces de la République française, et quelques fussent les succès des Autrichiens et la force de leur armée, elle serait bientôt épuisée même par ses victoires, et obligée de chercher une retraite assurée au-delà du Rhin. Tel doit être le succès de toute campagne entreprise contre un ennemi supérieur, lorsque des succès conduisent une armée à une trop grande distance du point central de ses forces. Il n'est aucun homme de guerre qui ne soit convaincu qu'il est devenu aussi difficile aux Autrichiens de reprendre la Belgique, qu'il l'a été aux Français de se soutenir dans le cœur de l'Allemagne; ainsi à moins d'un de ces événemens sur lesquels on ne peut pas compter, la Belgique est irrévocablement perdue pour la Maison d'Autriche.

En Lombardie la position des deux puissances est bien différente; tant que le succès du siege de Mantoue sera incertain, l'Empereur peut avec raison ne pas regarder cette province comme perdue: cette place peut être délivrée par le gain d'une bataille; l'Armée française serait alors obligée de se retirer ou à Crémone, ou derrière l'Adda; et une partie de la Lombardie serait reconquise; mais la perte d'un cinquième combat coûterait nécessairement aux Autrichiens Mantoue et l'Italie entière. En attendant l'événement qui ne peut pas être long-tems retardé, et que la paix seule peut prévenir, calculons sur ce qui existe en ce moment. Les Français ont donc conquis la Belgique, et occupent la Lombardie Autrichienne; on évalue la population de la première à dix-huit cents mille ames; celle de la seconde, à treize cents mille, sans y comprendre l'état de Modène; en portant le nombre des habitans de ce duché à trois cents mille, il résulte que par l'effet de cette guerre la

Maison d'Autriche est privée de trois millions quatre cents mille sujets, et du revenu qu'elle en tirait.

Elle obtient sans coup férir et d'un trait de plu-
me la restitution du pays le plus riche, le Milanois
et d'un million d'habitans ; on lui donne en échange de la Belgique, cette même Bavière dont elle a
si long-tems ambitionné la possession; de plus pour
l'indemniser des cessions qu'elle fait en Italie, on
lui laisse l'archevéché de Saltsbourg dont la population et celle des évêchés qui y sont annexés monte
à plus de quatre cents mille hommes ; que pourrait
espérer de plus heureux la maison d'Autriche, même
après les succès les plus décisifs.

Cet échange paraît désavantageux pour l'Autriche en-
visagé du côté de la population, il devient égal relativement aux revenus que le souverain peut tirer de l'un
et de l'autre pays, et tout à fait utile sous le
rapport important de la connexité de la Bavière
avec la masse de ses états, et de l'accroissement de
puissance qui en résultera pour la maison d'Autriche.

La Belgique comparée à la Bavière se présente
d'abord avec tous les avantages d'une population plus
grande, et d'un sol plus favorisé par la nature ;
mais on sait que la Bavière est un pays fertile à la
fois et neuf, mal cultivé, plus mal administré et qui
n'attend qu'un meilleur ordre de chose pour devenir
une des plus riches contrées de l'Europe. Le clergé y
possède des biens immenses, fruit de la piété mal
entendue de ses ducs ; l'Autriche sait quel parti on
peut tirer de cette ressource précieuse, et les prélats
de Bavière qui ne s'en doutaient pas, pourraient

bien payer les frais de cette guerre. L'Empereur ne
trouvera dans ce pays aucune opposition aux amé-
liorations qu'il voudra, tenter, soit par des réformes
en tout genre, soit par une meilleure répartition des
impôts. Dans la Belgique au contraire, la distance
où se trouvent ces provinces du centre de la puissance autrichienne, le voisinage de la France, le ca-
ractère inquiet des peuples, les privilèges dont ils
jouissaient ont été autant d'obstacles aux innovations
que le Souverain a voulu introduire, et contre les-
quelles son autorité précaire est souvent venue se bri-
ser.

L'archevéché de Saltsbourg, pays étendu et riche
en productions précieuses telles que le sel et les mé-
taux, remplace de même avec avantage les trois dis-
tricts du Milanois cédé au Roi de Sardaigne, ainsi
la Maison d'Autriche trouvera dans cet échange
plutôt une augmentation qu'un décroissement de ré-
venus ordinaires, et des ressources puissantes dans
un cas de nécessité urgente.

Mais l'avantage inappréciable qu'elle en tirera, est
l'union que l'incorporation de la Bavière va former
entre toutes les possessions autrichiennes, elle lie la
partie de la Suabe qui appartient à l'Empereur à ses
autres provinces héréditaires depuis le Rhin et les
frontières de la France jusqu'aux limites de l'Empire
Turc, Il ne restera entre le Danube et les Alpes
d'autre état indépendant de l'Autriche qu'une partie
de la Suabe partagée entre le duc de Vurtemberg
et quelques petits princes de l'Empire.

Tout nous devrait donc faire espérer que la mission du
général

général Clarke à Vienne sera plus heureuse que celle de Malmesbury à Paris.

Maison de Brandebourg.

Nous avons supposé que le Roi de Prusse ne donnerait son consentement à la réunion de la Bavière aux états de l'Autriche, qu'en obtenant pour lui-même le droit d'échanger ses domaines de Franconie et de Westphalie contre des provinces plus à sa convenance, et nous avons regardé les deux Lusaces, la Poméranie Suédoise et le Meclembourg comme celles dont l'acquisition convient d'avantage à la Monarchie Prussienne. Il ne peut y avoir aucun doute sur les deux Lusaces, et elles sont un juste équivalent pour les deux Margraviats de Franconie ; on compte dans l'un et l'autre de ces deux états à peu près quatre cent mille habitans : l'avantage pour les richesses, le commerce et les manufactures, est du côté de la Lusace.

La Poméranie Suédoise et le duché de Meclembourg sont aussi fort à la convenance de la maison de Brandebourg, la Poméranie Suédoise est un démembrement du duché de Poméranie qui appartient à ce prince. Elle renferme la forte ville de Stralsund, l'île de Rugen, et à peu près cent cinquante mille habitans.

La maison de Brandebourg a des droits sur le duché de Meclembourg qui doit lui être dévolu après l'extinction de la maison ducale, elle en prend les armes et le titre, mais comme il existe deux branches de cette maison, la possession ac-

E

tuelle de cette province maritime, contigue aux
marchés de Brandebourg serait un avantage réel,
auquel les rois de Prusse sacrifieraient aisément des
espérances éloignées. Ce duché, quoique fort vaste,
et comprenant une grande étendue de côtes, n'est
pas peuplé à proportion ; on ne lui donne au plus
que trois cent mille habitans, et même différens
auteurs diminuent ce nombre d'un sixième.

Les provinces prussiennes de Westphalie ont,
suivant Mirabeau, cinq cents soixante mille habitans. On pourrait conserver au roi de Prusse la
principauté de Menden et le comté de Ravensberg dont
la population est estimée cent-trente mille ames ; il
céderait tout le reste, et recevrait en échange les
deux états ci-dessus mentionnés ; par cette opération la maison de Brandebourg parviendrait au point
où elle aspire, elle réunirait dans une seule masse
ses états dispersés, sans rien perdre, ni en étendue
de territoire, ni en population.

Un échange de cette nature devient une mesure
absolument nécessaire pour maintenir une sorte d'é-
quilibre entre les deux puissances prépondérantes de
l'Allemagne.

La maison de Brandebourg, d'après ses nouvelles
acquisitions en Pologne et les avantages qu'elle retirerait de l'échange projetté, ne réunira qu'une masse d'un peu plus de sept millions d'hommes, tandisque la maison d'Autriche aura encore à sa disposi-
tion vingt - un millions de sujets. La même proportion se retrouve entre les revenus des deux Souverains ; ce n'est donc qu'à l'aide d'alliances puissantes,

et par une excellente administration intérieure que la Prusse peut contrebalancer la supériorité de moyens que réunit sa rivale.

De la Maison de Bavière.

Mirabeau, dans sa monarchie Prussienne, porte à onze cent vingt mille habitans la population des états de la maison Palatine dans le Cercle de Bavière.

Dans notre projet, l'Electeur est indemnisé par les états suivans:

Les provinces de Westphalie cédées par le Roi de Prusse à l'exception de l'Oostfrise, et comprenant trois cents-trente mille ames.

Les états de l'archevêché de Cologne au duché de Westphalie près les abbayes d'Essen, Werden et st. Cornelis, trois cents mille ames.

La plus grande partie de celui de Trèves et la moitié du comté de Sponheim, même population.

Toutes les dépendances de Mayence à gauche du Rhin, et partie de celles qui sont à droite de ce fleuve, l'évêché de Spire, deux cents mille ames.

Total, onze cents-trente mille hommes; en conséquence égalité exacte du côté de la population.

Les états de la maison palatine se trouveront reportés tous entiers sur les deux rives du Rhin, elle possédera exclusivement toute la rive gauche de ce fleuve depuis Germesheim jusqu'à son entrée en Hollande; le pays qui lui est cédé est riche et fertile, toutes ses propriétés seront contigues; elle acquiert la plus grande importance politique, parce qu'elle sera maîtresse de toutes les places fortes sur les deux bords du Rhin, et qu'elle pourra ouvrir ou fermer à son gré les barrières de l'Allemagne.

Après la réunion du duché de Deux-ponts, cette puissance comptera deux millions d'habitans et sera à peu-près égale en forces à l'électorat de Saxe.

Maison de Saxe.

La Lusace est une des propriétés les plus précieuses de la maison électorale de Saxe. Ses richesses territoriales, ses manufactures peuvent se remplacer par un échange avantageux, mais la position de cette province qui se prolonge entre la Saxe et la Silésie, qui couvre la Capitale dont elle se rapproche de très-près, la fera toujours regretter par la maison qui en a la possession, ce ne sera donc pour se procurer de plus grands avantages que l'électeur se déterminera à l'échanger.

Nous avons pensé que la possession d'Erfurt et de son territoire, de l'Eichsfeld, du Burgraviat de Culmbach en entier, du tiers de celui d'Onspach, et de l'évêché de Bamberg serait regardée par ce prince comme un équivalent suffisant.

Les états de Culmbach et la portion de Onspach, joints à l'évêché de Bamberg, donnent une population supérieure à celle de la Lusace : l'électeur acquiert donc Erfurt qui est entouré de ses possessions en Thuringe, et l'Eichsfeld qui y touche par le Sud et l'Est comme une indemnité pour le sacri-

fice qu'il fait , ce qui lui donne une augmentation
de cent mille sujets.

Maison de Meclembourg.

Nous projettons de transférer la postérité des rois
Venedes , des bords de la Baltique au midi de la
Franconie , et à l'Est de la Suabe.

Il nous paraît juste que ces princes n'aient rien
à regretter en consentant à ce déplacement.

Ils acquerraient le titre et les prérogatives d'électeurs , la riche principauté de Wurtzbourg , les
deux tiers de celle d'Onspach , l'évéché d'Echstedt,
et en Suabe un état considérable pour la branche ca-
dette de Strelitz : sans contredit , leur patrimoine
serait doublé, et enrichie par ces nouvelles propriétés,
cette maison pourrait figurer parmi les plus puissantes
de l'Empire.

Maison de Nassau.

Les anciennes maisons des princes de l'Empire ne
verront pas sans jalousie celle de Nassau , qui en
Allemagne n'est comptée que parmi les princes nouveaux, occuper la neuvième place sur le banc électoral. L'illustration de cette maison qui a fourni un
Empereur à l'Allemagne , un Roi à l'Angleterre ,
les services signalés qu'elle a rendu à toute l'Europe
en s'opposant , avec autant de courage que de succès , aux projets ambitieux des deux despotes les
plus dangereux , de Philippe II et de Louis XIV ;
enfin ses malheurs récents doivent désarmer l'envie ,
et la faire remonter à un rang égal à celui dont la

E 3

guerre l'a fait déchoir. Sous le titre modeste de Stathouder, le prince d'Orange jouissait des principales prérogatives de la souveraineté ; et la puissance de la république où il avait une influence équivalente à la plus grande autorité, l'assimilait en quelque manière aux têtes couronnées ; ainsi, un Bonnet électoral, quatre cents mille sujets, des états considérables contigus aux principautés qu'il possède déjà en Westphalie, ne sont qu'une juste indemnité des pertes qu'a fait le chef de la maison de Nassau-Orange.

De la Hesse et du Wurtemberg.

L'état et la position de la Hesse et du Wurtemberg sont trop connus pour nous arrêter long-tems. Le Landgrave de Hesse-Cassel, avec un état dont la population ne s'élève pas à plus de trois cents cinquante mille ames, trouve le moyen de maintenir un état militaire, et des alliances qui lui donnent depuis long-tems le premier rang parmi les princes de l'Empire qui ne sont pas électeurs ; l'évêché de Fulde et les baillages de Mayence enclavés dans la Hesse, ajouteront aux moyens dont cette maison tire un parti si avantageux.

Le duc de Wurtemberg avec une population plus nombreuse, un pays plus étendu et plus fertile, n'a atteint ni le degré de puissance, ni la considération où est parvenu le Landgrave de Cassel ; ce prince a cédé à la France la principauté de Montbéliard et de belles terres en Alsace ; nous avons cherché à lui composer une indemnité dans le voisinage de son duché, elle n'a pu être formée que par la réunion des différentes principautés ecclésiastiques de la Suabe, et comme la pluspart sont sous la protection de l'Autriche, et reconnaissent en quelque sorte l'autorité du préfet impérial en Suabe, nous avons cru devoir mettre au nombre des concessions demandées à la maison d'Autriche, l'investiture de cette même préfecture impériale d'Altorf pour le duc de Wurtemberg.

De la Maison de Holstein,
Branche de Suède.

Des provinces acquises en Allemagne par les victoires de Gustave, il ne reste entre les mains de la Suède que le quart de la Poméranie et la ville de Wismar. Ces possessions enclavées entre les états de Brandebourg et le Méclembourg seraient destinées à être réunies aux domaines du Roi de Prusse. En accordant à la Suède l'indemnité qu'elle est en droit de réclamer, nous ne devons pas oublier quels ont été les services rendus par cette couronne à la Germanie entière, et les pertes qui l'ont successivement privé du prix de ses victoires. Nous lui destinons l'Oostfrise et le riche évêché de Munster. La communication entre la Suède et les côtes de Westphalie ne pourra plus avoir lieu que par Golhembourg et Embdem, en traversant l'Océan germanique : mais l'acquisition de quatre cents-cinquante mille sujets, au lieu de cent-cinquante, dédommagera à la fois la couronne de Suède de la perte du duché de Bremen, de la principauté de Serden, et du quart

de la Poméranie qu'elle a perdu sous le règne malheureux de Charles XII.

Les indemnités accordées aux autres princes, tels
que le Landgrave de Darmstadt, le Margrave de
Bade sont à peine des équivalens pour les sacrifices que ces princes font pour coopérer à la paix
générale. Le seul avantage que nous avons cherché
à leur procurer, est de rapprocher ces nouveaux
états de ceux qui leur sont conservés.

www.ingramcontent.com/pod-product-compliance
Lightning Source LLC
Chambersburg PA
CBHW060757180626
46818CB00002B/596